歌集

秋の燕

加藤満智子

砂子屋書房

＊目次

装本・倉本　修

歌集　秋の燕

勝鬨橋

臨海のビルの林を低くすぎしろがねの機影西にむかへり

塵あくたゆたにたゆたに隅田川梅雨のはれ間の光まぶしも

水運の廃れし勝鬨橋《はし》は閉ぢしまま遊覧船のさはにくぐりぬ

くらぐらと橋の継目に水みえて立つ身を揺らす車のゆきかひ

欄干に花占ひの少女たち水に散りゆくひとひらひとひら

はつ夏の川波立ててゆつくりと佃の釣船海にいでゆく

橋梁の鳩よ鷗よ潜く鵜よ月日は流れわたしは残る

ビルをのぼり鳥の眼となり見はるかす枝分れしつつ隅田川のみづ

死にむかふ母のもとへと急ぎしか　相生橋は小さくはるか

住吉神社の甍《いらか》もみゆれかの夏に祈りしこともむなしかりにき

はは逝きしかの日のごとくジャンボ機は朝潮運河を音なく過ぎぬ

晴海運河、東雲運河そのさきに海はかすめり　海遠くなりし

すみだ川の岸辺に寄する波のむた夏の陽あそぶをみつつ淋しも

まるめたる左の趾の痛むらし草生に背黒鶺鴒《せきれい》翔びなづみゐる

降りたちし一羽のはげまし幾たびかともに翔びたち空深く消ぬ

面長の月眺めつつ助けあふ小鳥の生くる泉をおもふ

クララ・ボードレール

クララ・ボードレールてふ猫に逢ふべく銀座のビルをのぼりてゆけり

ようこそ猫のギャラリーへ　金髪の老婦人腰をかがめていへり

くさぐさの絹絵の猫と息づきて背景紅《こう》に紫のクララ

シャルル・ボードレール唄ひし猫たちの蠱惑のひとみ絹絵にひかる

わが腕に逝きにし愛でにし猫どちも点々とゐつ　画廊いでたり

いち枚の切り絵のごとく平たきは舗道《いしみち》に出で轢れし守宮

長谷川時雨

水無月の明石町にてゆくりなく長谷川時雨のすずしさに逢ふ

あらひ髪を結ひて粋なるおもかげのわかき時雨をみつめてゐたり

紺縮緬の白き絣のシックなるありしながらの時雨にあひたし

脚本家初の女性は時雨なり　明治の歌舞伎座に「花王丸」かかる

この赤絵のインク壺から生れしか『近代美人伝』『旧聞日本橋』

をんなを助くと『女人芸術』刊行す　右も左も世に送り出す

資金もちて妻を支へし開明の三上於菟吉なみだぐましも

きつぷよき海のごとかる時雨なり　あをき紫陽花を海風《うなかぜ》の吹く

エトランジェ

「お元気ですか」「ぼちぼちです」ゆきあひに挨拶かはす黒人ふたり

乳母車おすイスラムのひとスカーフ被きうつすら汚れし素足をはこぶ

腕に火傷のムハンマド君に肩かして黒髪ながき日本のをとめ

人の犇めく祖国を捨てたし　留学生きみつぶやけりさるすべりの下

栃の木の影濃きあたりひつそりと白き蝶すぎ黒き蝶すぐ

止り木に十姉妹《じふしまつ》十羽よりそひてたのしゐさびしゐ初夏の小鳥や

つばめの巣

ひたすらに忙しく明るきこゑひびく朝ひらく窓の夏燕たち

玄関は土こぼれゐて軒先に燕のカップル巣を作りしか

つばめの巣ひにけに大きくなりゆきてここなる主《あるじ》にけふ対面す

南溟をはろばろ翔りてわが軒に巣ごもるつばめ夫といとしむ

おどろかさぬやう軋むドアに油さし灯もつけまじ燕よつばめ

耳かすめ力みなぎる風圧をわれに刻みてつばめは空へ

抱卵のつばめに雛の生るる日は梅雨のをはりの空青からむ

大空に濃紺ひとすぢ流れきて燕かへり来　卵《らん》あたために

巣のなかに親つばめの位置高くなりか細き声のきこえてくるも

下総《しもふさ》の雨音風音ききながら巣ごもるつばめに雛の生れしか

眼ざしもおぼろな雛の四つばかり顔のみ見えてふかふかとゐる

ひな燕日ましに声を張りあげて餌を欲る口の花のごとしも

巣の下の蜻蛉のなきがら雛の糞ともにくるみて日ごと捨てさる

巣の外にこぼるるばかり乗りだせば明日かも雛の巣立ちゆくらむ

電線に身内のつばめや集ひきて巣立ちし雛をかたく守るも

蟬のこゑあふるる中に巣立ちたる四羽の雛はまろまろとして

つばめの子いづこに睡らむうすうすと十六夜《いさよひ》の月に雲かかりつつ

街中に四羽つれだち飛びゐるはわが家に生れしつばめ子ならむ

夕映えに四方無礙なるつばくろのすずしき翔り人はもたぬを

いくそたび巣立ちしほとり訪れて旋回するもつばめの親子

葦原に秋の渡りをととのふる数《す》千のつばめにわが燕たち
わたつみを星をたよりに渡りゆく秋のつばめは夢にこそみめ

人形町界隈

一葉の家系につらなりひつそりと人形町小路《こうぢ》に住まふ人訪ふ

包みかくさずおのが病を語るひと少年のごとき瞳みひらき

鯛茶漬のうまき店あり　病をおし路地へわれらを誘ひてゆく

おほかたはビルにかはれどうす紅の艶ある街のなつかしきかな

三味線屋、つづら屋、刃物屋　営みの古き店舗の軒低くして

『すみだ川』の構想なりしはこの街か　着流し下駄ばきの荷風が歩く

いまは無き「末廣亭」のたたみ席きみとききしか岡本文弥

あゆみゆく濱町河岸のうたかたや高速道路みづを過《よぎ》りぬ

浮雲のあをき吊ばし清洲橋わたりてゆかば深川の街

両国気儘

郷愁はしづかに湧きてくるものか川瀬巴水の隅田川風景

両国のそら真青なれ美術舘出でしわがあし気ままにあゆむ

両国は北斎・海舟生《あ》れし街芥川龍之介育ちしところ

わが犬の葬りたのみし回向院　戦後いくばく荒寺なりき

回向院に猫塚をみて外《と》にいでつ吉良邸あとの首洗ひ井戸へ

堅川にちかく相撲部屋の点々とみなビルにして扉を閉ざす

ここ大島部屋の舞の海　曙を三所《みところ》攻めに倒したりしか

着流しの若衆力士の髷すがた自転車漕ぎつつ遠ざかりゆく

二の橋の北詰わきの立札は鬼平めでし軍鶏《しやも》なべ屋あと

濫觴は両国の地とぞ握りずし食みつつおもふ江戸の市井を

祝祭と災害あざなふ街なりし両国橋に大川流れ

つぎつぎと浮雲ふちどる夕茜そぞろあるきの今日はここまで

蟷螂

土の上《へ》にまどろむ山鳩みしことを胸にしまひて秋陽の林

鴉のはね落葉の中にきらめくを拾ひて林をいでて来にけり

おのづからグレコの「枯葉」くちずさむ風の坂道落葉のはしる

みはるかす十《とを》の信号みな青く郷愁のごと灯りゐにけり

〈十七歳のパンク少年に憑依せし大杉栄〉を読む夜更けかな

無惨なる死をかうむりしアナキスト言行なべていのちに溢れ

脚ひとつなくしし蟷螂よこさまに枯草のなか冬日射しをり

昨夜《きぞ》よりの時雨はひとを熟睡《うまゐ》させ昼ちかき空になほ降りつづく

雨あがりの店に好みのオリーヴ・パンもう焼きませぬといはれてをりぬ

書棚よりぬきて読みいづる一冊は詩人の書きし『富小路禎子』

図書館の窓べにみゆる樫の樹にゆふかたまけて小鳥群れくる

土蔵《つちぐら》に万華鏡あきなふ店ありてそのほの暗き戸を開けてをり

淡雪

ゆめのなか雪野に佇てり曉闇に覚むればうつつ雪降りてをり

朝鳥のこゑ無く淡雪ふる窓にひる更けてなほ降りゆく気配

ちひさき柚子啌ふる鴉を追ふ鴉もつれあひつつ淡雪のそら

北国の雪にあらねばまれびとの訪れのごと下総のゆき

清浄の白きにまなこ濯ぐほどの雪は降りつつゆふべ消にけり

雪のあと凍てつく橋をからころと渡りこしひと於面影に立つ

紅白梅図

はる浅み酒井抱一にいざなはれ「紅白梅図」まのあたりみつ

銀箔に筆かろやかな抱一の「紅白梅図」は月光を秘め

師とあふぐ光琳金地を銀にかへ抱一描きしか紅白梅図

バス停の椅子に降りくる銀杏の葉《は》美しき黄金《こがね》をひとひら拾ふ

衿を立てまろぶ枯葉とあゆむ人フランス映画の遠きシーンに

星出でて夕空寒しやうやくにバスのシートの温もりにをり

無縁坂から

鷗外のおほきな帽子をまなうちに日はうららと無縁坂くだる

淡彩のはかなき恋の物語『雁』のヒーロー、ヒロインの坂

格子戸の家ことごとく消え失せし人影のなき坂閑かなり

うす青き空のきだはし上りゆく春をむかふる陽のあかるさよ

枯蓮のあひよりいできて嘴《はし》合はす鴨の仕草のやさしき水辺

すず鴨の鈴ふるやうな羽の音このごろ聞かずとゆきずりのひと

鈴本の幟に呼ばれ題目をしばし眺めぬ　いづれまたの日

古店《だな》に酒盗を買ひて夫と食ぶる夕餉の手はずおもふもあはれ

人群にまぎれてゆけど不意に湧く淋しきみづのとめどもあらぬ
ゆゑ知らぬ春の愁ひといはなくに傾くいのち風に吹かれて

三月十一日

梅林に夫と手をとり耐へてをりあゆみもかたき大地の揺れを

うめの林ゆきかふ人ら昂りて今すぎし地震《なゐ》の大きかりしを言ふ

たどりつく最寄りの駅はシャッターをおろして人を拒みてゐたり

地ひびきと大きな揺れの再来す　向ひの店より屋根瓦おつ

若ものが叫びいづるも〈東北が大変だ！　津波だ！〉ケータイを手に

天災に人なつかしくなるものか行きあふもろびと挨拶かはす

二里ほどを徒歩にてもどれば書棚より落ちたる本のおびただしきも

三陸沖に大地震あり　おほ津波家家のみこむさまをテレビは

高台に逃れし人にすべもなき　波攫ひゆくいとしきひとらを

大津波すべてをさらひし海の辺に夕日しづかに燃ゆる三陸

さくら

かろやかな花の天蓋かざしつつ桜若木はほつそりたてり

ひよどりの蜜吸ふなへにうす紅のさくら散るなりひとひらひとひら

うつくしと仰ぎみる日のみじかかり風なきま昼も花は散りゆく

石畳を奔りてゆきし花片の土のあらねば哀しかりけれ

冷えびえと湿りてゐたり花びらの吹きよせられし嵩を掬へば

春嵐の集めし花びら四辻に白き柱となりてゆらめく

はるさめに紛ふおとたて真夜ひらく老いし桜と老い人のいふ

いまの世も悲しみ多《さは》にわれら住む花綵《くわさい》列島はる闌けにけり

信濃

みすずかる信濃の山里いつせいに木蓮、こぶし、桜ひらきぬ

つばくろの涼しき翔りうつしつつ水満つる田は風のさざなみ

白樺の新芽ついばむ小鳥たち細枝とゆれをり五月の風に

ぽつりぽつり林のすそに亡き母のショールの刺繡のすみれ花咲く

葉も枝も風にゆれゐる水たまり山姥のごとわれも映れり

あるじも犬も逝きにし山家ひつそりと桜ちりつつ扉を閉ざす

きつつきの樹を叩く音かすかなり夕べ菜をきざむ音にまぎれつ

吉右衛門の風情めでつつ今宵はも「鬼平犯科帳」たのしみにけり

文鳥

梅雨寒の夜を読みつぐ『道草』の漱石さびし人の世さびし

一生を愛に渇きし漱石か　大きな墓あり雑司ヶ谷の地に

『明暗』を未完に閉ぢて逝きたりし漱石四十九歳　翁のごとし

しんしんと夜ふけ読みゆく「文鳥」を淡雪の精と漱石のいふ

節　電

エアコンに不具合あれば涼しかる桃源境のたちまちに失す

『陰翳礼讃』に似て非なる節電のこゑかまびすし原子炉こはれ

御しがたき放射能もれに立ちつくす里より人びと逃れゆくなり

小柄なる「なでしこジャパン」のをとめらに金メダル降る夏の明けがた

（W杯ドイツ大会）

ハットトリック、ロングシュートのかつこよさ乙女らの脚しなやかに蹴る

開拓者《パイオニア》の気負ひもみえぬ乙女たち好きなサッカーにただ打ち込みし

節電に夜の練習ままならぬサッカーをとめよ昼を働く

うなぎ

しゆわしゆわと朝の窓辺にみつるこゑ熊蟬鳴きて盛夏となりぬ

予後の無事つげられし夫と炎熱の街をあゆみて鰻屋に入る

わが夫も茂吉におとらぬうなぎ好きかかる美味はと食《た》べたりけり

泥中にうなぎは自然発生す　アリストテレスの書く『動物誌』

神秘なりしうなぎの生死《しやうじ》を探査船「白鳳丸」は明かしたりけり

何千キロとほきマリアナ海嶺は白子《しらす》うなぎの故郷といふ

いつせいに新月の海に産卵し死にゆくうなぎを思《も》へばたふとし

口紅

しづかなる秋の日なればゆふ暮れもをちこちうすき雲うかびをり

手を洗ひ口紅拭きて嗽《うがひ》する仕草のひとつ多きはをみな

「多忙でも口紅だけは」と言ひたりし家事評論家は離婚せしかな

はろばろと戦時の母は口紅をさししやおぼろ化粧もおぼろ

輪郭をはみだす口紅セクシーなマリリン・モンローの一生《ひとよ》もはかかな

秋の月しづかに光《て》れば買ひおきし俎板、庖丁今宵おろすも

冬の街

旅ゆきしアンダルシアの空のごとけふ下総のあをき冬ぞら

身をすくめわがゆく道はくれなゐのこがねの落葉さくさく音す

この毛虫朱の横線の黒き身は昼のしきみちとぼとぼひとり

鮭吊るすいてふ並木の鮮魚店入りゆくひとは落葉を曳きて

自分を犬とおもはずあの子は死にました　縷々いとほしむ花屋のマダム

豆電球灯さるる樹のふえゆきて小鳥のねぐらのへりゆく師走

金正日は暗殺といふビラもらふ　カルト教団の人たちらしき

丸がほの金正日はとこしへに木乃伊《ミイラ》となりて存ふるとぞ

水仙の影やはらかき歳晩の珈琲店にひとりもの思《も》ふ

クレーンの先端闇に溶くるころ街ゆく人のみな足早に

霙

かほあげて高鳴く鴉のうつむきて呟くことも時にはあるらむ

頬に降るあをき霙よ若き日のわがこころざしすでに朽ちたり

雨の沁むこの更地には花も実もうつくしかりし柘榴のありき

冬さればもぎたての柚子賜はりし君も逝きしか雨降りつづく

質素なる装ひの母抱きしめしエストニアの把瑠都　はれて優勝す

『春琴抄』を読みつかれたれ窓辺には燃えがらのごとぼたん雪降る

雪の街にすれちがふ母は無音にてうつつならざる夢のさびしさ

詩人

実直な大工のやうな風貌の詩人　吉本隆明さん逝く

伊豆の海に溺れかけしと聞きしよりいのちうすらぐ詩人なりしか

隣町にひとときみて黙礼をかはしたりけり吉本さんと

自転車のベルのうるさく振りむけば籠に野菜の隆明さんなり

鷗外図書館に太宰治を語るひと声の小さくやさしかりにき

もう昔ギャラクシアンに夢中なるゲームセンターの吉本隆明さんは
隅田川の左岸と右岸に育ちしか　なにかなつかし吉本隆明

こどもの日

花いまだえごの立木のほつそりとむらさき帯ぶる木肌つめたき

しら樫の花穂はすでに地にまみれたかき梢に風わたるみち

鴉の巣かくるるほどに欅の葉いよよ繁りて夏立ちにけり

ことのほかつややかに啼く烏なり少女のからすとわれの思ふも

洗朱《あらひしゆ》のあやしき色にまろまろと月のぼり来ぬけふ「こどもの日」

優勝の旭天鵬は涙みす　二十年《はたとせ》たゆまぬ稽古をいへり

螢なす

この感情はしづめがたきと歩むとき微風《よそかぜ》はこびく梔子《くちなし》のかをり

陽のなかに額《ぬか》よするとき紫陽花はかすかにたてぬ埃の匂ひ

『高野聖』読みゆくほどにかすかにも家揺るるかなすさぶ梅雨の夜

この年もえごの落花に逢はずして口惜きままに梅雨のすぎゆく

螢なすほのかに水草にほふ沢ゆめと知りつつ夢をみてゐし

夫とわれかたみに病みて梅雨あけぬ部屋ぬち乱れこころもみだれ

筆跡

残されし父母への手紙拾つべきか読みつつまどふ秋の燈の下《もと》

いつまでも傍へに置かめちちははのひと世の消息なつかしむため

ひと束の手紙の筆跡をんな手に紛ふやさしさ　石原莞爾とあるも

「東亜連盟」を唱へし人もはや逝きていまも東亜にあらそひ絶えぬ

究極の兵器いづるとき人類の戦《いくさ》は止むといひし人はや

老いてよりをとこの顔のうつくしき石原莞爾の写真に見入る

枇杷の花

古りし身は壊れゆくらしすこしづつかすかな軋みに耳をすましぬ

髪しらみ腕のたるみて花眼もつ傷みてをるらむうちなる群肝《むらぎも》

車検のごと手入れをうけなばわが躰いましばらくは走りゆくべし

背のいたみ圧迫骨折と診たてらる胸椎ふたつつぶれてゐしか

動体視力五十代といはれしもおとろへ著きわが骨密度

コンビニのおでんの旨しとわれ病めば夫買ひに出づ木枯らしの街

少女の日大好きなりし桑野道子こよひテレビにまみゆうれしも

八重咲きの白きさざんくわ雨やみし闇に泛きいづ妖しかりけり

誕生日なれうた詠む母へと娘のくれし『旧暦のある暮らし』ベッドにたのしむ

幾たびか病に臥したる一年《ひととせ》もはや過ぎにつつ枇杷の花咲く

山鳩

つねになき冬の寒さやこの睦月水仙のはな街に売られず

彼岸花の妖しきありやう北風にあをあをと葉を茂らせてゆく

首都圏に六センチほど雪積もりまれなる雪と人びとさわぐ

雪一丈『北越雪譜』のすさまじき民の暮らしも思ひいづる夜

戸袋はむくどりの巣なりし空き家のけふ毀たるる大きな音する

家なしとなるべき椋鳥三家族あはれこの春いづこをさすらふ

ゆつくりと枯葉の中をついばみて仕合せさうなる山鳩幾羽

おだやかに不器用に生くる山鳩のまろきお腹をいとしみにけり

フリージア

かぎろひの春を病む身のおきどころあかつき七階に光まぶしく

女男《めを》のナースいくたりのつよき手のしなやかな手のわれを世話する

ほの暗き長き廊下をあゆみゆき夜景をながむる病みびとわれは

ひるに見し高き鉄塔よるに失せ航空標識の明かりうきいづ

ほたる烏賊流るるやうに街道をヘッドライトのきれめもあらぬ

フリージアの花の香りの娘《こ》と入り来　病室にあふれ胸にしみくる

耳とほく白髪ふえし夫の手の慰めくるるはかなしかりけり

わが聟の言の葉やさし　癒ゆる日に祝盃あげむうまきビストロに

よき医師をみつけてくれし古き友きみ濃《こま》やかな少年なりき

閑かなる春のひと日を帰りきてわが家の飯《いひ》を食めば安らぐ

ひと筋の小川のやうに懐かしきかの人あの人おもふ春の夜

メーデー

骨抜きのメーデーなりと友どちの老いの気慨をさびしみて聞く

ネクタイをはづしてメーデーにゆく慣ひ父は語りき　乱闘のため

えごの花しづかに降り来　風薫る初夏《なつ》の林のうつそみわれに

桃いろの没り陽をみしはみすずかる信濃の山のはるかなる夏

平凡な朱色にけふも日は沈むここ下総に移りて久しき

うちつけに駅前通りのわびしさよ　丸山書店に明かり灯らず

梅雨のあとさき

つつじの花衰へにつつあぢさゐのうす紫に雨降りそそぐ

ものみなのはつかに歪む梅雨雲の低く押しきて街をつつめば

きはだちて白き花咲く梔子の雨に匂ふとしばし佇む

感情の半ばもかくるる心地すれ夏帽子ふかく被りてあゆむ

夜ふかく眠れぬ窓にホトトギス三たびを啼けり　ははの来しかも

彼岸より此岸に渡るほととぎす夜のしじまのこゑ濡れてをり

お化け階段のぼりて美《は》しきあぢさゐの咲く垣ありき根津神社裏

匂ひわろし襤褸の姿《なり》のみにくしとあぢさゐ嫌ひの人はいひしか

二番手の初夏の巣ならむわが軒につばくろの居てこゑごゑやさし

十《とを》こゆるつばくろ集ひ電柱の鳥を威嚇す　うつくしきかな

つばくろのネットワークのひめやかにかろく翔けゆく海渡る鳥

ほんたうになりたかりしもの猶見えず老いて母のごと歌つくりをり

空翔ける亀のにはかに蝶と化す夢の断片わすれがたしも

青き月

短調《マイナー》の翳りをふふみ草叢にすだく虫たち秋さりにけり

鉦叩きのかそけき唄を夫の耳もはや捉へぬわれのさびしゐ

台風の去りし夕さりときのまを青き月出で街をみおろす

いまだあをき月をかすめて小鳥たち夜の泊りへ翔りゆくなり

秋くさのさびしききはみ売られゐて夕暮れの街に吾木香買ふ

台風の忘れものなる緋の帯の幾すぢ漂ふけふの西空

くれなゐに飛行機雲の染まりゆくむかし樋口一葉《いちえふ》のみざる景色か

預かりし仔猫あそばせ疲れしか牡の老猫ダウンせしとふ

漢方薬と鍼にて老猫治りしと電話のこゑのあかるかりけり

谷中

土の上《へ》の何啄むやするするとあえかに走る二羽のせきれい

坂多き寺町谷中に住みたしと言ひける友よ住まず逝きけり

坂のほか川の流れもあらばなほ魅力の街とわれの言ひしか

たわいなき夢語りつつ若かりき谷中の坂の友のなつかし

歌はあそび歌はいのちの歌に倦みいのち気怠き秋のひと日よ

楽天が勝つてよかつたと夫のいふ巨人いちづのファンなりしが

水仙

葉の落ちしほそき枝えだゆすりつつ初冬の街をかけゆく木枯し

木枯しはビル風となり水仙の花持つわれを蹌踉めかせつつ

老いぬれば夕餉の仕度のわづらはし命養ふ大事といへど

鶏がらのスープにマッシュポテトを溶かすのみなかなか旨し手抜き料理も

正月は碧き花瓶に水仙を水仙のみをぎつしり活くる

白き花刀身の葉のすんなりと水仙にほふ少年のごと

はろばろとシルクロードの旅重ね日本の花となりしか水仙

庭すみの矮小の木にあかき実の葉陰に灯る　万両なりけり

万両のかたへに千両、蟻通し植ゑなば幸の来むと人いふ

丈長きマフラー粋にとミラノ巻き幾度もためし夫出かけゆく

冬の日のいのち冷えゆく夜寒なりあすは雪かも下総の地も

三毛猫

雨にあさ濡れゐし舗道にひるすぎを細かき雪の積もりゆくみゆ

夢いくつ捨てしとおもふ街の灯に砕けて雪のひかりつつ降る

うつくしき雪の牙剝く北国に生《あ》れし亡き母せつに思ほゆ

雪国に育ちしはははのしづかなる耐ふるこころをわれは持たざり

道の辺に積まれて凍る雪のうへさざんくわ包みけふも雪降る

白き月高きにありて仄あをき笠を被くも　雪やみてをり

雪にうもれ折れしかとみし万両の若木しなやかに立ち直りゐつ

すれちがふ三毛の細身にふりかへる猫もふりむき見詰めあひたり

海図なき

流山に住みてはたとせ野馬土手の樹々それぞれに巨木となれり

林中に肌冷《はだへ》たきこぶしの樹はなを捧げむ春はそこまで

ふたり棲む小さき家に草木植ゑひと世の帰結とあけくれ眺む

雨水すぎ寒のゆるびし江戸川の早春《はる》の堤をゆきつもどりつ

枯草のあはひにぱつちり空の青犬のふぐりに屈みてふれぬ

川岸のさくら大樹の影うつしあをずむ水面は波のたたなく

綿雲のふはりふはりと春のそら黄の菜の花に風すこし出づ

地図を手に古き街道ゆききする人びと見つつしばしを歩く

敗走の近藤勇の陣屋あと　新選組はここに崩れしか

捕はれて斬首となりしをとこ思《も》ふ佐幕に生きし宿世のあはれ

水運の廃れし街にイタめしの店ありシェフに道をたづぬる

狷介ならむ一茶うけ入れあたたかき秋本双樹は味醂を造る

一茶にはふるさとの如き流山われら住みゐる流離のおもひに

老いぬれば余生いくばくメメント・モリ東京に帰ることむづかしからむ

海図なき船のやうなる人の世に　北斗七星ほのか光れり

偽名

いづこより花のひとひらわが胸にみまはす視界にさくら樹あらぬ

春あらし彼岸の中日吹きわたり不信心われの来来世世は

皮ぬぎしばかりか小さき黒蝶の身じろぎもせぬ八重の椿に

透きとほる黒蝶とほく去りゆけばわが身はしばし脱けがらとなり

この街にボクシング・ジムの店明り硝子戸のむかう人影うごく

吊されしサンドバッグに打ちこみし素早き拳は若きをみなご

店のなか覗きみしをれば青年にジム入会の案内《あない》わたさる

四股踏みて高くまつすぐすつきりと爪先のびる遠藤うれし

琴欧洲こと安藤カロヤン引退すやさしかりける面差なりしか

スタンダールに三百超ゆる偽名ありとふくだりを読みて驚く

変身の願ひの書かせしヒーローたちか若くうつくしスタンダールと違ふ

李香蘭

チャイナ・ドレスのむき出しの腕まぶしかりき帝国ホテルに会ひし李香蘭

記者われの未熟なる問ひに愛想よく黒き瞳のひとをそらさね

この星に出合ひ語りし人びとのかりそめならず街に点る灯

末広がり

しづかなる雨にふかく眠りしかけふのルーティンすこし崩れぬ

気怠い日つづきてやうやく髪洗ふしやんとなるべししやんとなりたり

あかあかと夕陽に柿の照りゐしがまなく翳りて光うしなふ

老猫の今はに間にあひ号泣す　娘はやさしかる連れあひ持てり

テレビにて〈壁ドン〉〈ツンデレ〉の意味知りぬ漫画にうときシーニァわれは

〈ツンデレ〉は息長きことば〈壁ドン〉はすたるる言葉と娘は言ひ放つ

コンビニのレジに祝福われは受く八百八十八円也　末広がりと

本を売る

古書売るは久しぶりなり雨の日を神保町の古籍商待つ

本売るはさびしきことなり身辺のかろくなりてもなほさびしけれ

勘定のすめば昔話のはづみしか銀座の夜店の奥村書店

眼鏡かけベレー帽斜《はす》に小柄なる奥村さんは良書を売れり

占領軍のきたりて失せし銀ぶらの夜見世の楽しみ思ひいづる日

子守唄

あたたかき冬の日なれやおのづから枳殻《からたち》の垣に立ち話ながく

ひとひらの雲なきあをき冬麗にさくらは硬く芽吹きをりけり

枯れ草のなかを啄む群雀ここの空地の売れしを知るや

切りかへし幾たびせしかあの山路　けふ免許証手放しにけり

餌《ゑ》のいまだ乏しき季節の白セキレイするするする滑り来タクシー乗場に

寒ぞらに跳ねては滑るセキレイの翅のみやびを愛しみにけり

濃くみじかく生きたる父よけふ忌日スイートピーかかへ娘の来たるかな

幼き日に教へしスラブの子守唄林檎むきつつ娘のうたひをり

父の死にふたとせ後れ生れし娘の祖父に会はざる残念をいふ

つれづれに読む地方版　晩年の荷風の奇行は呆けしゆゑとぞ

永井荷風に出合ひし小説『腕くらべ』少女のわれはおもしろかりき

カーテン

洗ひあげし白きカーテンに翳うつす沈丁のはな連翹のはな

硝子戸はもろに暮らしのみゆるなれカーテン引きてこころを匿す

旅にいでし隣家に蘇芳《すはう》の紅く咲きわれに湧きいづ旅ゆくこころ

しばらくは叶はぬ旅なれ外つ国のあの川あの橋あの海おもふ

落日にまむかひ路地をあゆみしかゆき遭ふ顔のみな茫ばうと

マーガレット、ヴィオラの小鉢を当てにけりくじ運よきを少しよろこぶ

おほ鷹

家ぬちに素足のままのここちよさ五月の窓をあけ放ちゆく

日影みちたどりてゆけば柿若葉風に光りてまなこ潤ふ

小鳥らのねぐらとならむ大欅ひと日ひと日の青葉ふえゆく

松の樹におほ鷹のゐてただならぬ鴉らのこゑ悲鳴に似たり

舗道《しきみち》に腹こすりつつ黄揚羽の草地をめざす車の撥ねしか

やうやくに五尺あまりを羽ばたきて蝶たどりつく一本《ひともと》の草

翅たたみ草に止まりし黄揚羽の瀕死のけはひ照らす夏の陽

火の色に扉のガラス染めあげてあしたの晴れを夕陽告げをり

プチブルもプロレタリアートも死語となりいま貧困の若者多し
若者は恋と革命に生くべしといふ人あれどすでに醒めたる

音

道の辺に夕陽あまねく匂ひたつ夏のをはりのおしろいの花

野馬土手に馬のたましひ鎮むがにゆふかたまけて蜩啼きいづ

関取の四股名に「川」の消えしことすずしき流れの汚れゆくころ

高音のききとりにくしと言ふ夫に声低くして家計語らふ

柱時計贈りてくれし友みたり鬼籍に入れどよき音になる

秘密

花好きのはは在りし日のはるけさよ　秋明菊おく花舗に足とむ

烏瓜まつはる垣根に遠まはり夕焼けのごとき紅き実みてをり

おのが身と枯葉をうかべ蜘蛛の巣の今日もありけり風にきらめく

ふたりとる夕餉の手もと明るむと箸と茶碗の淡きいろ買ふ

木犀のかをりと虫の音の湧きてあゆむ小路は良夜なりけり

「ソルヴェイグの歌」口ずさみつつ母ありき　月下の細道小声にうたふ

わが知らぬ母の秘密をおもふとき月のひかりは身を透りけり

「ペール・ギュント」「ピアノ・コンチェルト　イ短調」グリーグづくしの
月夜美《くは》しき

関取

賞金を受けとりし手のガッツポーズ　白鵬ぎらひとなりしひとあり

稀勢の里の横綱になれぬもどかしさ森に迷ひし金太郎のごと

誕生日

いつしらに庭に根づきし万両の木々ふえゆきて赤き実灯る

西かたへ白鷺一羽あまがけるゆふぐれまへの空はなやぎて

誕生日祝ふ電話をかけくれし娘は猫たちの鳴きごゑ聞かす

毛沢東もツルゲーネフもわたくしと同じ日生まれをいつしか知りぬ

ひとの世の毀誉褒貶のはかなさよ　あの毛沢東に揺れたる時代

軍隊をもたぬ国などありませぬ　露西亜語教師薄くわらひき

若き日の記憶にふかく妬ごころをあらはに示しし人を忘れず

いまひとたび逢はめと別れし友とあふ早春《はる》のひかりのお茶ノ水駅

みづあさぎ

きさらぎの十七日は父の忌にち花まつらむと街に出でゆく

父の夢かつて見ざりし不思議さを思ひてをれば不意にせつなし

金糸雀《カナリア》の籠洗はむと若きちち眼鏡をはづし楽しさうなりき

それよりもわれを連れての街歩きなほ楽しみし父と思はむ

黒髪のつやめく若き父にそふ幼きわれのゆめのごとしも

みづあさぎの二月の空を父と子は市ヶ谷河田町の坂くだりけり

縁日にこみあふ坂の神楽坂ちちと掬ひし金魚いくひき

なにゆゑに中野のはづれの哲学堂ちちとゆきしか木枯しのころ

女給さんに父取りまかれ子のこころそぞろなりけり虎の門のカフェ

戦前のひかりゆらめく風景のおほかた崩る爆撃のなか

ありありと戦後の記憶　みなの靴みがいてくれき失意の父は

死に近き父に添ひ寝のひと夜明け手をむすびゐて逝きたまひけり

過ぎゆく

足もとからわれより夫の老いゆくか　百八十センチがときに蹌踉めく

かがまりて息調ふる夫に寄る連翹のはな黄なる垣の辺《へ》

古き巣にあたらしき泥くはへきて補強をすなる燕かしこし

やもりのごと壁にぴつたり身を付くる技もつ雄燕知りける雨の日

夏場所の絵番付もち娘の来たる千秋楽のたのしかりしと

ひんやりと大きな掌《て》なりと娘はいふも　栃ノ心関とハイタッチして

〈大和田〉が出前するとふ嬉しさよゆふべの灯影にうな重ならぶ

秋の夜はこほろぎ多《さは》に鳴きいづる庭もつ家も更地となりぬ

更地には蟬穴あまたすがる樹の失せていづこにあゆみゆきしか

雨のなか小さな包み届きたり流水あをき硝子の箸置き

素麵をすすりつつながむ建築家きみがすさびの箸置きすずし

唖蟬か雄蟬かドアの片隅に三日《みっか》動かず風の日に消ゆ

乳のみ子の睡りにかへりゆくやうにひたすら眠し揚羽とぶ昼

同じ夢またみしと醒めておもへりゴブラン織の鹿の林を

台風のせまりくる夜を遠花火南の空に揚りては消ぬ

手をつなぎ大川端の花火へと走りゆきける若き日おもふ

思ひ出に更けゆく夏の短夜は未来がなんでうつくしからう

台風のすぎゆく雨音ききながら解《ほつ》れしカーテンの裾を繕ふ

テレビにうつるフィデル・カストロ老いにけり独裁といはれ美しき島に

黄昏のハバナの裏街あゆみたしゆくことなけむと思へば寂しき

身にきつき肌着はいやになる齢《よはひ》迷ひなく選ぶLのサイズを

靴下も足首ゆるきもの好む人もゆつたりやさしきが好き

朝なあさな「城ヶ島の雨」歌ひをり喉《のみど》ぢやうぶに声よくなるやうに

「からたちの花」唄ひてやればうつすらと目を瞑りゐる黒猫ありき

鳴りひびく朝の電話はホームから叔母みまかりしと告げてきたりし

歳晩の空あをき日に三人《みたり》にて百一歳の叔母おくりけり

独身の百歳ごえの叔母なれば付きそふ友のもうあらなくに

菊、薔薇《さうび》、蘭のはなびらに包まれし叔母はこの世の外に入りゆく

骨の嵩ひとの二倍といはれけり百一歳の気骨なりしか

野馬土手の大樹ゆれあひふれあひて互《かたみ》にたましひ囁くごとし

つかのまの冬の雷雨のおきゆきし青墨、秘色《ひそく》、薔薇いろの空

スピカ

バスタオルあと幾枚をつかひきりひと世すぎなむ　からだ拭へり

亡きははの縫ひしドレスの端切れ布しまひおきたる小箪笥一棹

三連星《からすき》のほのかに光るオリオン座まなこしまらく休めてゐたり

あに殺しのおとうとも見む春の星スピカの蒼きひかりをあふぐ

ひかりつつ星に混じりて翔りゆく人を乗せたる夜の飛行機

はる

蚕月、桃月、花月、夢見月　弥生三月風の寒さや

沈丁のかをり流るる春のみち父母ありし日を遠く思へり

候文を父の述べつつ代筆の母のかたへに沈丁花匂ひき

君とゐてしあはせなりしよ　ひと言を母に残して父の逝きしか

もういちど母とゆきたしポンペイへアッピア街道はなの季節を

花嫁はミモザのはな束かかへゐきナポリの路地の春深き昼

いただきしミモザの花の砂糖漬け夫とわけあふけぶる春の日

スマートな靴

むぎわら菊の種を蒔かむと夫のいふ　はつか怒りの溶けてゆきけり

越南《ベトナム》の板チョコレートはめづらしきあす誕生日の夫に買ひたり

ゴディバよりうましと夫のよろこべり六十年をこの人と暮らす

スタイルにこだはりのなき夫なれば靴の踵を踏みつけあゆむも

もうすこし良きものを着よスマートな靴を履けよと妻はいひける

ノンポリの政治ぎらひの夫なれど仏性《ぶつしよう》みゆると言ひし人あり

おはやうと言ひかはす朝はつ夏の風光る日も昏れてゆくなり

あとがき

『秋の燕』は、二〇〇六年刊行の第一歌集『花のある卓』につづく第二歌集です。二〇〇六年から二〇一七年までの作品の中から四四〇首を選んで収めました。構成を考えての歌の入れかえ、いささかの手直しがあります。

作品を歌集にまとめる作業をしながら、故郷東京の街並みの歌、いま住む流山市のわが家に巣作りした燕の歌など、鳥の歌の多いことにもわれながら驚いています。歌集に一貫したテーマはありませんが、思い出や自然との出合いなどなど、生活の中から生まれた小さなモチーフがあつまって、歌集ができました。歌の題は、連作「つばめの巣」の掉尾の一首〈わたつみを星をたよりに渡りゆく秋のつばめは夢にこそみめ〉から採りました。

リアル・ファンタジー、歌は何を、どのようにうたってもよいと考えますが、調べのうつくしさ、細やかな言葉づかいは、ゆずれぬ短歌の核心とこころがけています。わが歌を省みるとき、このような物言いに忸怩たるものがあります。人のこころに届く歌をいくつか作れたらと願うのみです。

母亡きあと六十歳をまえに始めた歌作りも三十年になろうとしています。その間、「短歌人」「マグマ短歌会」「学士会短歌会」の歌友と歌を作る楽しみを分かち合ってきました。この三十年は、夫ともども大患を繰り返したり、親しい友人との別れにあまた遭遇したりしながらも、歌と共にあったおろそかならぬ歳月で、感慨ぶかいものがあります。時に歌に倦み、歌を手放したいと思う瞬間もありましたが、歌は私を見捨てず、わが消光の尽きるまで、共にあることでしょう。歌集を楽しんでいただけたら、嬉しい限りです。

文末になりましたが、歌集刊行にあたり、さまざまなアドバイスを頂き帯文の執筆も賜りました「短歌人」の中地俊夫様、砂子屋書房の社主であり詩人の田村雅之様、装幀の倉本修様に厚くお礼申し上げます。

二〇一八年六月二十六日

加藤満智子

歌集　秋の燕

二〇一八年九月一三日初版発行

著　者　加藤満智子
千葉県流山市松ヶ丘二―三二〇―一二四（〒二七〇―〇一四一）

発行者　田村雅之

発行所　砂子屋書房
東京都千代田区内神田三―四―七（〒一〇一―〇〇四七）
電話　〇三―三二五六―四七〇八　振替　〇〇一三〇―二―九七六三一
URL　http://www.sunagoya.com

組　版　はあどわあく

印　刷　長野印刷商工株式会社

製　本　渋谷文泉閣